안녕히 주무시기를.

2023. 9 이유리

잠이 오나요

잠이 오나요

이유리

위즈덤하우스

베개를 사 온 건 오늘 가게를 닫은 후의 일이었다. 중고 거래 어플에서 '불면증'이라는 키워드를 검색해 찾은 물건이었다. 이쯤 되면 불면증이 아니라 무면증 아닐까 싶을 만큼 눈뜨고 지새우는 긴긴밤에 시달려온 나로서는 고작 베개 따위로 불면증을 치료할 수 있으리라는 기대는 버린 지 오래였지만. 하긴 베개를 안 써본 건 아니었다. 베는 것은 물론, 다리 사이에 끼우는 것, 목뒤에 받치는 것까지 여러 가지를 서너 개씩 바꿔보았지만 소용없었다. 오히려 그것들은 각자 까끌까끌하거나 차갑거나 과도하게 푹신해서 오던 잠도 달아날 판이라 전혀 도움이 되지 않았다. 잠옷, 이불, 침실 커튼, 조명까지 안 바꿔본 게 없었다. 좀 더 편안하게 뒤척거릴 수 있을 뿐 마찬가지였다.

> 미사용 베개 반값에 팝니다. 전 이거 베고 불면증 치료했어요.

미사용품이라면서 어떻게 이걸로 불면증을 치료했냐는 채팅에 판매자는 '원 플러스 원 할 때 샀어요'라고 대답했고 그걸로 내 의문은 모두 풀렸다. 판매자가 지정한, 버스로 다섯 정거장쯤 떨어진 거리의 빌라촌으로 갔고 사거리 편의점 앞에 큼직한 쇼핑백을 들고 서성거리는 여자를 보았다.

엉거주춤 다가가자 여자가 나를 보며 물었다. 혹시…… 베개? 베개가 아니라 사람이지만 어쨌든 고개를 끄덕이자 여자가 쇼핑백을 내밀었다. 들어보니 베개치곤 묵직했다. 어쩐지 신뢰가 가는 무게랄까, 그러나 다시 말하지만 별로 기대는 없었다. 이것보다 훨씬 비싼 베개들도 내 불면증을 치료하진 못했으니까. 사실 불면증이란, 의사가 말했듯이, 심리적 요인에 먼저 접근해서 그것을 치료해야…… 하는 것이었으므로……. 생각하자니 우울해져서, 여자가 모기만 한 소리로 저기요 돈은, 하고 말하기 전까지는 돈을 치러야 한다는 것도 잊고 말았다. 미리 준비해 간 2만 원을 주머니에서 꺼내다 나는 문득 물었다.

"혹시…… 정말 불면증이 나으셨어요?"

여자는 대답 대신 멋쩍게 웃기만 했다.

그럼 그렇지.

그날 밤, 나는 의사의 권고대로 빛 한 점, 소음 하나 들지 않게 꽁꽁 싸맨 방에 누워 머리로 그 베개를 꾹꾹 누르고 있었다. 무슨 재질로 된 것인지 모르겠으나 두피에 전해지는 느낌이 시리도록 서늘했다. 쿨링 기능이 있는 걸까, 베개에 이런 기능을 붙인 사람은 적어도 평생 불면증이라곤 한 번도 앓아본 적이 없는 축복받은 사람임에 틀림없다. 다한증이면 몰라도. 뭐 그런 생각을 하며 돌아누웠다. 눈을 감고 마음속으로 중얼거렸다. 다 잊자. 내일 생각하자. 잠을 자. 잠들어라.

갑자기 베개 속에서 웬 목소리가 들려온 건 그때였다.

왕방울이 죽었으면 좋겠어.

나는 깜짝 놀라 벌떡 일어났다. 잠결에

잘못 들은 거라고 생각하고 싶었으나 바로 그 잠이 오지 않아 애쓰던 터라 정신은 또렷했었고 게다가 이 목소리는 낯이 익었다. 어디서 들었더라. 생각하다 에라 모르겠다, 다시 베개를 베고 누우니 이번에도 베개 깊은 곳 어딘가에서 목소리가 들려왔다.

내일도 또 올까? 그 끔찍한 인간.

그제야 알 수 있었다. 아까 내게 베개냐고 물은 여자, 내게 이 베개를 판 그 여자였다. 나는 어깨에 힘을 주어 베개에서 머리를 조금 떨어뜨린 채 이게 어떻게 된 일인지 곰곰 생각했다. 베개가 원 플러스 원이라고 했었지, 그렇다면 그 여자도 이것과 한 쌍인 베개를 사용하고 있을 테고 그렇다면 그것과 이것이 뭔가 잘못 연결되어버린 걸까. 그렇게 생각하니 말이 된다 싶기도 했다. 아마도 천장의 귀퉁이가 있을 어두운

위쪽 어딘가를 노려보며 나는 여자의 작았던 몸피와 더 작았던 모기 같은 목소리, 그리고 여자가 베개를 담아준 다이소 쇼핑백 따위를 떠올렸다. 그러자 서서히 안도감 비슷한 것이 찾아왔다. 이 시간에 나와 같은 베개를 베고 같이 뒤척이며 괴로워하는 사람이 있다니. 게다가 내 짐작이 맞다면 우리는 잠들지 못하는 이유마저 같았다. 왕방울이라면, 게다가 '끔찍한 인간' 왕방울이라면 분명 나도 아는 사람이었다.

왕방울 씨의 그야말로 왕방울만 한 눈을 떠올리다가, 나는 참지 못하고 다시 한번 벌떡 일어났다. 멀찍이 두었던 휴대폰을 가져와 중고 마켓 어플을 열었다.

—저도 그 사람 알아요.

채팅을 보내자 금세 아래에 세 개의 점이 달린 말풍선이 깜박거렸다. 아무래도 이 여자의 불면증은 아직 의사를 찾아갈 단계는 아닌가 보았다. 수면 클리닉에 가면 제일 먼저, 휴대폰을 침대와 멀리 떨어뜨려 두라는 말을 들으니까.

—네? 누구요?

—왕방울이요.

이번에는 점 세 개가 한참 동안이나 깜박였다. 아예 사라졌다가 다시 나타나기도 했다. 메시지를 썼다 지웠다 하고 있는 거였다. 나는 어두운 방에 누워 그 깜박임을 오랫동안 지켜보았다. 사라졌다, 나타났다, 사라졌다. 꼭 모스부호 같았다. 내가 아는 유일한 모스부호는 뚝뚝뚝, 또옥, 또옥, 또옥, 뚝뚝뚝, 그러니까 SOS뿐이었지만.

수없는 구조 신호 끝에 뜬 메시지는 짧은 것이었다.

—지금 전화 돼요? 010-XXXX-XXXX

여자는 중고로 판 베개에서 자기 생각이 들린다는 사실보다, 옆 동네에 사는 나 역시 왕방울 씨로 인해 고통받고 있는 피해자라는 사실이 더 놀랍고 신기한 모양이었다. 베개와 베개 사이의 연결에 대한 내 가설을 설명하려는데 여자는 들은 척도 않고 자꾸 왕방울 씨 얘기만 했다.

"아니, 그 인간이 거기서도 그러고 다닌다고요? 어떻게 그래요?"

"그 사람 집이 이 동네예요. 우리 동네에선 이미 유명한걸요, 뭘. 더 이상 받아주는 데가 없어서 그쪽으로 넘어간 걸 거예요."

"아니, 세상에. 그런 줄 몰랐네."

"말도 마세요, 제가 그쪽한테 베개 사 간 것도 왕방울 씨 때문이니까."

그러자 여자는 깔깔 웃었다. 이번에는 모기만 한 목소리가 아니라 정말 큰 소리였다.

"대박! 저도 왕방울 씨 때문에 그 베개 샀어요! 와, 정말 신기하다."

그러고선 뭐가 우스운지 계속 웃었다. 웃다가 웃다가 마지막엔 기어이 흐느끼기 시작했다. 나는 묵묵히 여자가 전화기를 붙들고 우는 소리를 듣고 있었다. 이해할 수 있었다. 나도 왕방울 그 인간 때문에 여러 번 울어봤으니까.

"울지 마요, 울어봐야 그 사람한텐 소용없으니까."

내 딴에는 최대한의 위로를 건넸는데 실제로 먹혔는지 여자는 울음을 뚝 그쳤다. 그러고는 결연한 어조로 말했다.

"맞아요. 울면 지는 거예요. 울면 지는 거야."

"네, 울면 지는 거."

나도 반복해서 말했는데 그러고 나니

조금 슬퍼졌다. 울면 지는 거라면 펑펑 울어본 우리는 이미 펑펑 진 거였으니까. 울다뿐인가, 이렇게 불면증까지 얻어 뒤척거리며 밤마다 타들어가는 속에다 소화기를 뿌려대고 있으니 이건 그야말로 완벽한 패배였다. 그 사실을 생각하는지 여자도 잠시 말이 없었다. 그러다가 갑자기 툭 중얼거렸다.

"우리, 복수해요."

복수를 생각해서였을까, 아니면 정말 베개 덕분이었을까. 그날 밤은 아주 오랜만에 푹 잘 수 있었다. 꿈도 없는 잠이었다.

그냥 중간 지점에 있는 카페에서 만나는 게 어떻겠냐는 말에 여자는 절대 안 된다고 했다. 혹시 우리가 같이 있는 걸 재수 없게 왕방울 씨한테 들키면 어떡하냐는 거였다. 일리가 있는 말이었으므로 수긍했다.

그렇다고 처음 만난 사이에 집에 덜컥 들이기도 뭣해서 이래저래 장소를 고르다 결국 영업이 끝난 내 가게에서 접선하기로 했다. 그렇다, 여자는 '접선'이라는 단어를 사용했다. 그건 뭔가 비밀스럽고 전문적인 느낌을 주어서 마음에 들었다. 복수를 꿈꾸는 두 피해자.

여자도 그렇게 생각했는지, 그날 여자가 입고 온 옷은 접선에 잘 어울리는 차림새였다. 검고 긴 롱 코트에 커다란 선글라스, 푹 눌러쓴 모자까지. 그러나 그런 차림으로 문 닫은 가게 유리문 밖을 서성이는 모습은 오히려 수상쩍었으므로 나는 빠르게 여자를 가게 안으로 들이고 블라인드를 내렸다.

"불은 켜지 마세요."

여자가 선글라스를 벗으며 말했다. 나도 그럴 생각이었다. 안에 불이 밝혀진 반찬

냉장 쇼케이스 덕분에 형광등을 켜지 않아도 그렇게 어둡지는 않았으니까. 어슴푸레한 불빛에 드러난 여자는 밤인데도 화려한 화장을 하고 있었다. 성마르고 뾰족한 얼굴에 눈이 커다랬다.

"제 소개부터 할게요. 전 박세희라고 해요."

"전 양양미, 여기 사장이에요."

여자가 불쑥 손을 내밀기에 나는 엉겁결에 그 손을 잡고 흔들었다. 바깥에 있다 왔음을 감안해도 여자의 손은 지나치게 차가웠고 뾰족한 뭔가가 내 손바닥을 찔렀다. 거둬들이는 박세희의 손에서 기다란 손톱이 번쩍거리고 있었다.

"저 네일 숍 하거든요."

자기 손을 유심히 보는 것을 눈치챘는지 박세희가 설명했다.

"전 보다시피 반찬 가게. 혼자 해요."

"저도 일인 숍이에요."

"그럴 것 같았어요. 왕방울 씨가 노리는 가게가 딱 그런 타입이거든요."

왕방울 씨 얘기가 나오자 박세희가 눈을 빛냈다. 나는 반찬 쇼케이스 안에서 판매용 이온 음료 두 캔을 꺼내 하나를 박세희에게 건네며 자리를 권했다.

"일단 거기 뒤에 좀 앉으세요."

박세희가 둥근 철 의자에 앉았다. 나도 의자를 하나 끌어와 그 앞에 앉고 보니 우리는 정말로 작당 모의를 하려는 사람들 같은 모양이 되었다. 저 기다란 손톱으로 어떻게 캔을 딴 건지 모르겠으나 어느새 박세희는 잠자코 음료를 마시고 있었다. 나도 캔을 따서 한 모금 마셨다. 고요한 가게에는 쇼케이스에서 나는 웅- 소리만이 들렸다.

그러고 보니 문을 닫은 가게 안에서 다른 사람과 함께 있는 건 처음이었다. 더군다나 모르는 사람과 못된 계획을 세우고 있는 건.

“자, 왕방울 씨에 대해서 얘기해볼까요.”

박세희가 음료를 꿀꺽 삼키고는 말했다.

“우선 서로 알고 있는 정보를 합치는 게 좋을 것 같아서요.”

“그래요. 얘길 들어보니 그쪽 동네보단 이쪽 동네에 먼저 출몰한 것 같은데.”

“그런 것 같네요.”

“그럼 저부터 얘기할까요.”

나는 목을 큼큼 가다듬었다.

“일단 이름은 왕방울. 본명인진 모르겠어요. 우리 반찬 가게에는 도장 열 개 모으면 한 팩 더 주는 쿠폰이 있는데 거기에 왕방울이라고 적긴 했어요.”

“본명 맞아요.”

어떻게 아느냐는 표정으로 쳐다보자 박세희가 우울한 어조로 덧붙였다.

"신분증을 본 적 있거든요. 그 여자 지갑 안에서."

"어머, 무슨 이름이 그래. 그럼 몇 년생인지도 알겠네요?"

"네, 64년생이에요. 나이도 먹을 만큼 먹어선 어쩜 그러고 다니는지 참."

"보기보단 젊네. 아무튼, 그 사람 이 동네 살아요. 여기 골목에서 조금 더 가면 있는 하얀 벽돌 빌라. 그 빌라 주인이 거기 꼭대기 층에 사는데, 그 아줌마도 아주 학을 뗐대요."

"왜 아니겠어요."

"아무튼 중요한 건 이거. 그 사람이 타깃으로 삼는 가게는 정해져 있어요."

"뭔데요?"

"젊은 여자 사장 혼자 운영하는 가게.

그리고, 사장이 그 사람 이름을 보고 이름이 예쁘다고 말한 가게."

여자의 표정이 순식간에 굳었다. 짚이는 게 있는 모양이었다.

왕방울 씨가 내 반찬 가게에 처음 온 것은 오픈한 지 일주일쯤 되던 날이었다. 개업발을 받아 손님이 꽤 드는 와중이었고 그래서 기분이 방방 떠 있었던 게 잘못이라면 잘못이었을까. 하지만 어쩔 수 없었다. 진열하기도 전에 불티나게 팔려나가는 반찬들에 마음도, 포스기 속 지폐 뭉치도 빵빵하게 부풀어 올랐으니까. 쇠락한 빌라촌 한가운데라 목이 좋다고는 할 수 없는 가게였는 데다 주방 집기며 냉장 쇼케이스를 들여놓고 보니 가게가 좁아지는 바람에 생각보다 조금 더 보잘것없는 인테리어가 된 것까지 걱정거리가 한두 가지가 아니었는데,

막상 뚜껑을 열자 기대 이상이었달까. 곁눈질로는 맛보기로 내놓은 나물 무침이며 장조림을 먹는 손님들의 표정을 살피고, 손으로는 돈을 세기 바빴다.

마침 저녁 시간이라 물 한잔 마실 짬도 없이 손님이 들던 때였다. 반찬들 앞을 서성거리는 한 아주머니가 있었다. 장을 보았는지 대파 대가리가 툭 튀어나와 있는 빵빵한 장바구니를 옆에 끼고 쇼케이스 안을 유심히 들여다보던 그 손님은 그야말로 특별할 것 없는 동네 아주머니 같은 모습이었고, 그날만 그런 사람들이 수십 명 다녀갔으므로 그전까지는 특별히 의식하지도 못하고 있었다. 나물 무침을 종류별로 세 팩 가져오길래 쿠폰을 만드시겠냐고 물었더니 만들어달라고 했다. 나는 새 쿠폰 종이를 꺼내서 도장을 세 개 찍어주었다. 그러고는 포스기 앞에 놓아둔 플라스틱 통을 가리키며 친절하게 덧붙였다. 잃어버리실 수 있으니까 이름을 적어서 여기 두고 다니세요, 하고.

그 말에 그의 눈이 번쩍, 빛나는 것을 느꼈다면 과장일까. 그는 볼펜을 들고 쿠폰 아래에 크고 또박또박하게 '왕방울'이라고 썼다. 못 봤으면야 모를까, 그걸 본 이상 이름에 대해 한마디 하지 않을 수 없었으므로 '어머, 이름이 너무 예쁘시네요' 하고 속없이 웃으면서 말했다. 다시 보니 그 여자의 눈은 얄팍한 눈꺼풀에 감싸여 둥글고 툭 튀어나온 것이 결코 예쁘거나 귀엽지는 않았지만 정말로 왕방울 같기는 했다. 왕방울 씨는 아무 대답도 없이 씩 웃고는 반찬들을 장바구니에 넣어 돌아갔고 나는 왕방울 씨가 돌아가고 난 즉시 그를 잊어버렸다. 다음 날 아침, 가게를 열려고 갔을 때 그가 문앞에 앉아 있는 것을 발견하기 전까지는.

가게 앞 낮은 계단에 쭈그려 앉아 있던 왕방울 씨는 나를 보자마자 벌떡 일어섰다. 그러고는 어마어마하게 큰 소리로 말했다.

"쉬었어."

목을 수그린 채 바삐 출근하던 사람들이 깜짝 놀라 뒤돌아보았다. 나 역시도 뭐라 말할 수 없을 만큼 놀라고 당황해 네? 하고 되물었다. 왕방울 씨는 들고 있던 천 주머니 같은 것을 열어 보였다. 안에 든 것을 꺼내기도 전에 반찬 상한 냄새가 확 풍겨왔다.

"쉬었다고, 이거."

주머니 안에서는 낯익은, 그러니까 내가 어제 반찬을 담아 팔았던 납작한 일회용 플라스틱 용기가 나왔다. 안에는 시금치무침이 담겨 있었다. 뚜껑을 열자마자 물씬 퍼지는 악취에 지나가던 사람들이 코를 찡그릴 지경이었다.

"어떡할 거야? 아주 입맛 다 버렸잖아. 이런 걸 돈 받고 팔어?"

왕방울 씨가 외쳤다. 나는 멍해진 머리로 그것을 받아 들고 살펴보았다. 그런데 뭔가 이상했다. 뭐라 설명할 순 없지만, 만든 나는 한눈에 알 수 있었다. 이건 내가 만든 게 아니었다. 나는 손가락 끝으로 시금치를 몇 올 집어 올려보았다. 확실했다.

"이거 제가 만든 거 맞아요?"

"뭐라고? 뭐가 어째?"

왕방울 씨가 소리쳤다. 꼭 일부러 호객 행위라도 하는 사람처럼, 고의적으로 사람을 끄는 듯한 목청이었다. 이제는 지나다니던 사람들이 대놓고 흘끔거리기 시작했으나 어쨌든 할 말은 해야겠기에 나도 시금치를 집은 손을 왕방울 씨 얼굴 가까이 들이밀며

항변했다.

"이거 보세요, 저는 마늘을 일일이 칼로 다져 쓰는데 여기 든 마늘은 슈퍼에서 파는 간 마늘이잖아요. 쪽파도 그래요. 저는 쪽파 안 넣는데 여긴 쪽파가 들었네요. 뭘 착각하셨나 본데, 이거 제가 만든 거 아니에요."

"착각? 착가악?"

왕방울 씨는 안 그래도 튀어나온 눈을, 이제는 정말로 툭 튕겨져 나와 또르르 방울 소리를 내며 굴러갈 것만같이 부라렸다.

"이 아줌마가 진짜 사람 환장하게 하네. 상한 반찬 사 간 것도 열 받는데 이젠 사람을 치매 걸린 할망구 취급해?"

치매라는 단어는 꺼낸 적도 없는데요, 하고 되받으려다가 말을 꿀꺽 삼켰다. 그제야 조금씩 머리가 돌아가기 시작했고 지금 이게 무슨 상황인지 서서히 파악이 되었기 때문이었다. 이건 함정이었다. 지나가는 사람들의 표정이 말해주고 있었다. 상한 걸 팔았대. 이 냄새 좀 봐. 가게 차린 지 얼마나 됐다고 장사를 날로 먹으려 하네. 나는 무심코 뒤로 몇 발짝 물러섰다. 왕방울 씨 등 뒤로 친구들이 보내준 오픈 축하 화환의 리본이 화려하게 늘어져 있었다. 저건 분명 나를 축하하기 위한 꽃들이었건만, 그 꽃들 앞에 선 왕방울 씨는 꼭 이미 승리하고 돌아온 전사 같았다. 전장에 한두 번 나가본 게 아닌, 그래서 이깟 소규모 전투쯤은 눈 감고도 해치울 수 있는 노련한 전사.

“아무튼 저는…… 이건…… 제 가게 반찬이 아니에요, 정말로.”

약한 모습을 보이면 안 된다고 생각했건만, 나는 말을 더듬고 말았다. 왕방울 씨가 더욱 기세등등해졌음은 물론이었다.

"아줌마, 증거 있어? 이 반찬 통 이 가게 거 아니야? 내가 어제 여기서 반찬 사고 쿠폰까지 만든 거 기억하지? 기억 안 나면 지금 가게 들어가서 저 통 열어볼까? 내 이름 적힌 쿠폰 있나 없나?"

여차하면 가게까지 쳐들어올 기세였다. 나는 이쪽을 기웃거리는 사람들의 얼굴을 쳐다보지 않으려고 애썼다. 왕방울 씨의 목적은 뭔지 모르겠지만, 왜 하필 이 아침 댓바람을 택했는지는 알 것 같았다. 출근하는 사람들은 둘러서서 구경하기보다는 무슨 일이 있는지만 파악하고 다시 바삐 걸음을 옮겼다. 그러니까 진실이 어찌되었든 그들의 머리에는 저 가게는 상한 반찬을 파는 가게, 라는 인상만 강하게 남을 거였다. 그 사실을 깨닫자 이제는 확신했다. 이 사람이 이 짓거리를 하는 게 처음이 아니라는 걸. 결국 나는 왕방울 씨가 원하는 대답을 하고야 말았다.

"……알겠으니까, 알겠으니까 일단 들어와서 얘기하세요."

나의 완벽한 패배였다.

왕방울 씨는 그날 시금치무침 값 3000원은 물론, 피해 보상 조로 5만 원을 뜯어내고 뜨거운 믹스 커피까지 얻어 마시고 나서야 만족스런 얼굴로 가게를 나갔다. 내가 젊은 아가씨 혼자 가게 하는 거 대견해서 이 정도로 봐주는 거야. 다음에 반찬 사러 올게. 그땐 멀쩡한 거 팔아, 알았지? 어느새 호칭이 아줌마에서 아가씨로 바뀐 왕방울 씨가 인정 어린 말투로 어깨까지 토닥인 뒤 떠나자 그제야 제대로 당했다는 걸 알았지만 어쩔 수 없는 일이었고 그땐 이쯤에서 끝난 게 다행이라는 생각까지 했었다. 다시는 오지 마라 되뇌며 가게 앞에 왕소금을 여러 주먹

뿌렸음은 물론이었다. 하지만 왕소금 정도로 끝날 일이 아니었다. 바로 그날 오후, 왕방울 씨는 다시 찾아왔다. 이번에는 꼬마 김밥을 사 가며, 그는 알뜰하게도 쿠폰에 도장까지 찍어달라고 했고 또다시 의미심장한 미소를 지으며 떠났다.

내 불면증이 시작된 건 그날 밤부터였다. 아침에 그 난리를 겪긴 했지만 오후에는 나름대로 손님이 꽤 들었으므로 파김치가 되어 평소 같았으면 눕자마자 꼴딱 잠들었을 텐데 그날은 그렇지 않았다. 가슴속에 뭔가 뜨겁고 팔딱거리는 점 하나가 있는 것 같달까, 아무튼 뭔가 자꾸 화끈화끈 두근두근거려서 도저히 잠에 들 수가 없었다. 눈을 감으면 눈꺼풀 뒤에 왕방울만 하게 부라린 왕방울 씨의 눈이 데굴데굴 굴러다녔다. 그리고 사람들, 이쪽을 쳐다보는 사람들의 눈빛도.

그 많은 사람들 중 단 한 명도 나를 구해주지 않았다. 아니, 구해주기는커녕 오히려 나를 악당으로 여겼을지 모른다. 다시는 저 가게에 가지 말자고, 나도 상한 반찬을 사 먹을지 모른다고 생각하며 휙 돌아서면 그만이었겠지. 나는 애꿎은 이불을 쥐었다 폈다 하며 화를 삭이느라 애썼다. 하긴 나라도 그랬을 것이다. 길을 가다 상한 냄새를 물씬 풍기는 반찬 통을 쥐고 따지는 아주머니를 봤다면 '아이고, 저런, 뭔 장사를 저렇게 해' 하고 심상히 지나갔겠지. 그렇다면 내가 어떻게 했어야 옳았을까. 거기까지 생각하자 아무래도 너무 무르게 대했다는 후회가 스물스물 들었다. 그래, 더 대차게 대들었어야 했다. 왕방울 씨에게는 내가 호락호락한 사람이 아니라는 걸 보여줘야 했고 지나가던 사람들에게는 얼마나 억울하면 저럴까 싶도록

똑똑하게 굴었어야 했다. 왕방울 씨가 또 왔다는 것은 내가 그러지 못했다는 증거였다.

하고많은 반찬들 중 하필 김밥을 고른 것은 아마 내일 다시 찾아오리란 뜻일 것이다. 김밥이란 원래 잘 상하는 음식이다. 상온에 조금만 놓아둬도 쉬어버린다. 그 쉰 김밥을 들고, 왕방울 씨는 어쩌면 오늘처럼 내일도 가게를 열기도 전에 죽치고 있을지도 모른다. 아니, 분명 그럴 것이다. 왕방울 씨가 슬쩍 내보였던 의미심장한 미소를 생각하니 또 한 번 속에서 뜨끈한 뭔가가 욱하고 올라오는 것 같았다. 나는 뒤척뒤척, 모로 누웠다 똑바로 누웠다 하며 그대로 날밤을 꼬박 새우고 말았다.

그러므로 다음 날 가게에 나갔을 때, 어제 아침과 똑같이 계단에 앉아 있는 왕방울 씨를 보고 또박또박 따지기는커녕 잠자코 지갑에서

5만 원을 꺼내주고 보내버렸던 데는 잠을 제대로 자지 못한 탓도 분명 있었을 거였다. 머리가 무겁고 가슴이 답답해서 도저히 이것저것 따지고 들 마음이 생기지 않았다. 이렇게 보내면 분명 또 오리란 걸 알고 있었으면서도. '아니, 이러려고 온 거 아닌데' 하면서도 내미는 손에 돈을 쥐여주곤 진흙 덩어리를 씹은 듯한 마음으로 그 홀가분히 떠나는 뒷모습을 바라볼 수밖에 없었던 것이다.

그다음부터 왕방울 씨는 주기적으로 찾아왔다. 꼬박꼬박 일주일에 한 번씩. 그럴 거면 차라리 요일이라도 정하고 오면 좋으련만 그도 아니었다. 이젠 안 오나 잊어버렸나, 그래 반성했을지도 몰라 아무리 악질이라도 평생 그러고 살 순 없겠지, 싶을 때쯤 찾아와선 느물느물 웃으며 반찬을 딱

한 팩씩 사 갔다. 그러곤 다음 날 아침이면 어김없이 앉아 있는 거였다, 아직 문을 열지도 않은 가게 앞 계단에. 때문에 이제는 무슨 헌금 바치듯이 지갑에 5만 원짜리를 꼭 가지고 다니게 되었고 그때마다 돈이 아깝기도 아까웠지만 너무나 억울해서, 진짜 미치고 팔짝 뛰도록 억울해서 딱 죽을 것만 같았다.

처음에는 시간이 지나면 나아질까 싶기도 했다. 옛날 영화서 보면 조직폭력배들에게 상납금을 바쳐가며 장사하는 사람들도 있지 않았나, 뭐 그런 거라고 생각하면 어떨까 하며 마음을 다잡아보려 했다. 하지만 그게 그렇게 되질 않았다. 지갑에서 돈을 꺼내줄 때마다 어쩜 그렇게 새롭게도 분한지. 학창 시절 수학이라면 진저리 치며 싫어했던 나였건만, 이 돈이면 어떤 반찬을 몇 팩 팔아야 하는지가 눈앞에 계산기라도 갖다놓은 듯 좌라락 계산이 되는 거였다.

그래, 아마 눈앞에 있는 이 여자도 그랬겠지. 처음에는 당황스럽고, 어이없고, 억울하고, 분하다가 나중엔 머리를 굴리게 됐겠지. 이 돈이면 손톱 몇 개를 칠해야 하는지 생각하면서 증오를 차근차근 불려나갔겠지. 그러다 밤이 오면, 밤이 오면……. 생각하는 대신 나는 턱을 괸 채 기다란 검지 손톱으로 앞니를 톡톡 치고 있는 여자에게 물었다.

"얼마씩 뜯기고 있어요?"

"5만 원씩요."

"나도 그런데. 며칠에 한 번씩 오는데요?"

"일주일에 한 번? 이제 안 오나 싶다가도 또 오고, 또 오고."

"그것도 똑같네요."

"아마 수법도 똑같을 거 같은데. 반찬 가게니까, 반찬 상했다고 그랬죠? 가게 앞에서 고래고래 소리 지르면서 사람들 끌어모으고."

"맞아요. 네일 숍에선 어떻게 진상을 피웠어요?"

"말도 마세요. 멀쩡한 손님인 척 젤 네일 받고 가더니, 하루 지나고 와선 다 떨어졌다고 하는 거예요. 손님들 앞도 아니고 가게 바깥에서 난리 치면서. 그럴 리가 없는데, 싶었지만 다시 해줬죠. 근데 다음 날 또 온 거예요. 보니까 일부러 뜯은 것처럼 손톱 표면이 다 일어나 있는 거 있죠."

박세희가 말이 되느냐는 표정을 지으며 눈을 둥그렇게 떴다. 반찬 쇼케이스에서 뿜어져 나오는 희다 못해 푸른 형광등 빛에 박세희의 흰자가 번들거렸다. 나는 이해한다는 듯이 고개를 끄덕여주었다.

"그거 보고 저도 열이 확 받아서 따졌죠. 근데 자기가 더 소리를 지르면서 아주, 무슨 구경이라도 난 것처럼 가게 앞에 주저앉아선 온 동네 사람들을 불러 모으는 거예요. 건너편 네일 숍 사장이 나와서 구경하는데 너무 쪽팔려서 저도 모르게 일단 들어오시라고, 들어와서 얘기하라고 해버렸어요. 그 뒤론……"

"완전 나랑 똑같아. 와, 진짜."

나도 모르게 반말이 튀어나왔다.

"그럴 것 같았지만 진짜 그러네. 세희 씨, 우리 동네에만 그 여자가 수금 다니는 집이 세 군데예요. 저랑 요 앞에 뜨개 공방 하는 언니랑 강아지 미용하는 언니랑. 똑같은 수법으로 똑같이 5만 원씩."

"진짜요? 근데 왜, 왜 아무도 복수할 생각을 안 한 거예요? 난 혼자니까 겁나서 그랬다 치지만, 셋이면 어떻게 안 돼요?"

박세희는 정말 모르겠다는 표정을 지었다. 그 얼굴을 보니 어라 정말 그러게, 싶었다. 왜 복수할 생각을 못 했냐 하면, 그러니까……. 나는 박세희의 얼굴을 마주 보지 못하고 대신 그의 어깨 너머 쇼케이스를 응시했다. 거기엔 오늘 팔고 남은 마른반찬들이 예쁘게 착착 쌓여 있었다. 뭘 어떻게 복수를 한단 말이야, 저런 반찬들을 두고. 그리고 그 반찬들 앞에서 서성거리는 손님들을 두고선. 그 앞에 셋이 모여 머리채라도 쥐어잡고 드잡이를 했어야 옳았을까. 뭐 그럴 수야 있다 치자, 상상 속에선 머리채뿐 아니라 더한 것도 여러 번 잡았으니까. 하지만 그런 다음에는? 손님 머리채 뜯는 장면을 온 동네에 생중계한 다음에 천연덕스럽게 다시 장사를 할 수 있을까? 거기까지 생각하고 나서야 고개가 끄덕여졌다. 그걸 할 수 있어야 이길 수 있는 거였구나. 나도, 한마음뜨개 공방 언니도, 멍이퐁퐁 언니도 그럴 수 없는 사람들이었구나.

그럼 박세희는 그게 되는 사람일까. 그걸 물으려는 참에 박세희가 갑자기 바깥을 휙 내다보았다. 블라인드를 꼭꼭 닫은 것을 확인하고는, 내게 얼굴을 가까이 붙였다. 그가 속삭였다.

“저, 복수할 방법을 알아요.”

“네?”

박세희가 급히 말을 이었다.

“대신 꼭 도와줄 거라고 약속해야 돼요.”

박세희의 숨결에서 아까 마신 이온 음료 냄새가 났다. 눅눅한 냄새가 섞인 복숭아 향. 그래, 복수가 풍기는 냄새가 있다면 꼭 이럴 것 같았다. 나는 박세희의 눈을 바라보았다.

아직 파랗게 빛나고 있는 흰자위를 자세히 보니 빨건 실핏줄이 올올이 서 있었다. 나와 마찬가지로 한잠도 자지 못한 사람의 눈, 그리고 그 불면을 되갚아줄 수 있는 눈이었다. 그 눈을 똑바로 마주보며 나는 고개를 끄덕였다. 박세희는 잠깐 침묵을 지키더니, 이윽고 짧게 말했다.

"저, 왕방울 씨 딸이 하는 가게를 알아요."

그날 밤 베개 속에서 *이건 아닐지도 몰라*, 하는 조그만 소리가 들리지 않았다면 나는 박세희라는 사람에 대해 조금 실망했을지도 모른다.

실은 나도 이게 정말 옳은 일인지를 고민하고 있었다. 하지만 이미 동조하기로 약속한 터였고 게다가 박세희가 어찌나 살기등등했던지 돕지 않겠다고 했다간 정말

사달을 낼 기세라 어쩔 수 없었다. 왕방울 씨의 딸이라. 나는 한쪽 귀를 베개에 뭉개며 그 여자에 대해 생각했다.

엄마 집에 왔다가 생각난 김에 네일을 받으러 왔다며 박세희의 가게에 들른 적이 있다고 했다. 마침 무슨 얘기를 하다가 특이한 이름에 대한 얘기가 나왔는데, 자기 엄마보다 특이한 이름은 본 적이 없다며 깔깔 웃고는 왕방울이라는 이름을 말하더라는 거였다. 그 여자 입장에선 더럽게 재수 없는 우연이겠으나 박세희는 속으로 순간 이거다 싶었다고 했다. 그 뒤로 손톱은 보는 둥 마는 둥 어떻게든 여자의 정보를 캐내려고 애쓴 건 당연했다. 그 여자는 여기서 차로 15분 정도 떨어진 동네에 혼자 살면서 꽃집을 했다. 그 징그러운 여자가 제 딸과는 서로 끔찍한지, 꽃집 이름은 방울꽃집이라나.

매일 새벽마다 일어나 꽃 시장에 가는 건 힘들지만 푸릇푸릇한 꽃과 나무 들을 보면 저절로 기분이 좋아져 미소 짓는단다. 마주 앉아 제 손을 쥐고 있는 이가 어떤 생각을 하는지는 꿈에도 모르고 그저 웃었을 그 앳되다는 여자를 생각하면 마음이 정말로 좋지 않았다. 듣기만 한 나도 이런데 박세희의 마음은 어땠을까. 흉악한 계획을 꾸미고 돌아온 주제에 뒤척뒤척, 나도 박세희도 잠을 이루지 못하고 있었다. 이런 내 생각도 베개를 통해서 고스란히 전해지고 있으려나. 그러고 보니 이런 신기한 물건을 두고서도 베개에 대한 이야기는 전혀 하지 못하고 그저 복수할 생각에만 눈이 뒤집혔구나, 우리. 나는 베개 밑에 팔을 집어넣고 웅크렸다. 차갑고 서늘한 감촉이 느껴졌다. 한을 품은 사람의 마음에 손이 닿은 것 같았다. 손을 쥐었다 폈다 하며 나는 속으로 되뇌었다. 그래도 복수는 해야만 한다고.

멀리 떨어뜨려 두었던 휴대폰을 가져왔다. 동 이름을 앞에 붙이고 '방울꽃집'을 검색하자 몇 개의 방문 후기와 함께 방울꽃집의 인스타그램이 나왔다. 팔로워가 꽤 되는 그 계정을 클릭해보니 가게의 전경 사진이 걸려 있었다. 정말 이름처럼 조그맣고 예쁜 가게였다. 위로는 금빛 간판을 달고, 가게 앞에는 좁으나마 흰 자갈돌을 깔아 꽃과 나무들을 아기자기하게 장식해놓은 모습이 마치 작은 정원 같았다. 한눈에 보아도 꽤나 정성을 들여 가꾸는 것들이었다. 그 앞에 앞치마를 두르고 서서 환하게 웃고 있는 여자는 박세희의 말대로 앳되고 순진한 얼굴이었다. 그러나 사진을 확대해서 자세히 보면 코와 입 언저리가 왕방울 씨와 아주 많이 닮아 있었다.

아니야, 용서할 수 없어. 똑같이 되돌려줄 거야.

베개 속에서 박세희의 중얼거림이 들려왔다. 아까까지 기세등등하던 것과 다르게 모기 같은 소리였지만 여전히 결연했다. 그래, 나약해지지 말자. 나는 마음을 다잡으며 돌아누웠다. 그러나 잠은 오지 않았다. 이상한 일이었다. 두루뭉술한 복수를 꿈꾸던 어제는 꽤 잘 자놓고, 막상 구체적으로 계획을 세웠더니 잠이 오지 않다니. 박세희도 그랬는지 머리맡에선 웅얼거리는 목소리가 계속 들려오고 있었다.

얼마나 기분이 나쁠까.

얼마나 수치스럽고 창피할까.

그걸 똑같이 맛보여주는 거야.

할 수 있어. 해야만 해.

나는 베개를 확 빼냈다. 베는 대신 다리

사이에 끼우고 맨 침대에 누웠다. 박세희나 나나 오늘도 자기는 다 글렀다 싶었고, 그러자 피식 웃음이 났다. 아직 뭘 한 것도 아닌데 벌써 이게 뭐람. 계획을 세우는 것만으로도 이런 마음이 되는 두 사람이 뭘 하겠다고. 하지만 왕방울 씨나 그 딸은 지금쯤 아마 편하게 자고 있겠지. 두 다리 쭉 뻗고 걱정 없이. 그 생각을 하니 다시 주먹이 꽉 쥐어졌다. 안 하면 억울하고 하면 찝찝할 일이라면 차라리 하고 찝찝한 게 낫겠지. 나는 박세희가 이야기한 계획을 다시 한번 머릿속으로 되짚었다.

실행은 내일, 자정 넘은 새벽이었다.

양반은 못 되는지 하필이면 그날 오전에 왕방울 씨가 찾아왔다. 아직 뭘 하지도 않았건만 꿍꿍이가 있었기 때문일까, 가게

문을 밀고 들어오는 그를 보자마자 오히려 내 쪽에서 찔끔 놀라고 말았다.

"아니, 뭘 그렇게 놀라? 나 처음 봐?"

나는 표정을 가라앉히며 억지로 웃어 보였다. 가게에 손님 두엇이 서성거리고 있었다.

"아니요, 그냥."

"오늘은 진짜 그냥 반찬 사러 왔어."

물론 거짓말이라는 것을 알고 있었다. 오늘 사 간 반찬을 내일 가서 트집 잡을 작정인 게 뻔했다. 나는 잠자코 왕방울 씨가 집어 온 소시지 부침을 비닐봉지에 담아주고 1000원짜리 세 장을 받았다. 내일이면 5만 원으로 바뀌어 다시 왕방울 씨 주머니로 들어갈 돈이었다.

"젊은 새댁이 솜씨가 좋아. 반찬이 아주 맛깔나."

왕방울 씨가 눙치며 봉지를 받아 들었다. 이 여자가 지금 뭐 하자는 거지. 나는 억지웃음을 유지하며 눈을 내리깔았다. 왕방울 씨의 손톱에 화려한 자줏빛 매니큐어가 칠해진 것이 보였다. 박세희가 칠해준 거겠지. 이렇게 얼굴만 마주 보는 나도 속이 타들어가는데 저 손을 만지고 다듬어야 할 박세희는 얼마나 억장이 무너졌을까.

"가끔 오는 우리 딸도 여기 반찬 맛은 기가 막히게 알아보더라고. 암튼, 많이 팔어."

나는 또다시 찔끔해서 가게를 나가는 왕방울 씨의 뒷모습을 바라보았다. 뭐야, 왜 갑자기 딸 얘기를 하는 거지? 설마 뭘 눈치챘나? 나는 왕방울 씨가 나가자마자 박세희에게 메시지를 보냈다.

—왕방울 씨 딸이 우리 집 반찬이 맛있다고 했대요.

손님이 있었는지 답장은 한참 뒤에 왔다.

—그래서요?

할 말이 없어 휴대폰만 멍하니 내려다보았다. 그렇네, 그래서 뭘 어쩌라는 거지. 그럴 의도는 아니었는데 뭔가 자랑한 것처럼 되어버려 머쓱했다. 그래, 그러고 보니 그 딸이 박세희의 네일 숍에서 손톱을 칠하고 갔었다고 했었지. 박세희는 딸이 손톱을 마음에 들어했는지 아닌지 말하지 않았지만 아마 마음에 들어했을 것 같았다. 박세희가 보았을 그 얼굴을 나는 떠올리지 않으려고 애써 고개를 저었다. 내가 만든 반찬을 맛있다고 냠냠 먹는 그 앳된 얼굴을.

한때는 이 동네 사람들이 전부 사랑스러웠던 적이 있었다. 우리 가게에 들어오는 손님이건 아니건, 그냥 이 근처에 살면서 가게 앞 골목을 걷고 버스 정류장에

줄을 서는 사람들이 모두 다 예뻐 보였다. 저 중에 누군가는 내 반찬을 먹었겠지. 집에 가지고 가서 혼자, 아니면 가족들과 나누어서 달게 달게. 먹지 않았더라도 가게 앞을 지나가면서 흠흠, 참기름 냄새를 맡았던 적이 있을 것이고 가게 간판을 눈여겨보며 나중에 한번 사 먹어볼까 하고 지나간 일이 있을 테지. 그렇게 생각하면 모르는 사람들이 마냥 기꺼울 수밖에 없었다. 꼭 돈을 벌어서가 아니라 그냥, 그냥 그랬다. 내 손으로 열심히 다듬고 썰고 무치고 볶아 윤기 나게 만들어놓은 그것을 누군가 먹거나 눈독 들이는 상상을 하면 꼭 밥을 탐내는 아기를 보는 듯 뿌듯했다.

하지만 왕방울 씨가 찾아오기 시작하면서부터는 아니었다. 예뻐 보이기는커녕, 오히려 그 반대가 되었다.

반찬을 사 가는 사람들 중 왕방울 씨처럼 애꿎은 트집을 잡는 사람이 있을지도 모른다는 생각을 하게 된 거였다. 아무리 맛있는 음식도 독약이 한 방울만 섞이면 못 먹게 되듯이, 그 찰나의 두려움은 내게서 반찬을 파는 기쁨을 전부 앗아가버렸다. 이 사람은 정상적인 손님일까? 왠지 인상이 약간 진상 같은데 어쩌면? 오늘 아침에 만들고도 혹시나 상하지 않았는지 반찬들 냄새를 맡아보면서, 나는 손님들의 얼굴을 하나하나 가상의 심판대에 올려놓고 저울질했다. 누가 사장님 하고 부르면 죄지은 것도 없이 가슴부터 활랑거렸고, 어쩌다 좋지 않은 표정으로 들어오는 손님이 있으면 나 때문이 아니라는 걸 알면서도 등골이 잠깐씩 싸늘했다.

그래, 이게 다 왕방울 씨 때문이다. 나는

박세희의 그래서요?에 답장을 보냈다.

—그러니까 더 열 받잖아요. 우리 꼭 쓴맛을 보여주자구요.

이번에는 답장이 바로 왔다.

—전 준비됐어요.

박세희가 세운 계획에는 박세희 남자 친구의 도움이 필요했다. 정확히 말하자면 사람이 아니라 그의 오토바이가.

"오토바이 몰 줄 알아요?"

의심스런 목소리를 내지 않으려고 최대한 노력했지만 티가 나는 건 어쩔 수 없는 듯했다. 박세희는 무슨 그런 걸 다 묻느냐는 듯 코웃음을 쳤다.

"당연하죠. 저 스쿠터 타고 대학 다녔어요."

저건 스쿠터랑은 체급이 다르지

않나. 박세희의 남자 친구가 세워놓고 간 오토바이를 살펴보며 속으로 생각했으나 더는 말하지 않았다. 퀵 배달 기사들이 타고 다닐 법한 그 오토바이 뒤에는 큼지막한 탑박스가 붙어 있었다. 박세희가 외투 주머니에서 미리 오려 온 검은 종이를 두 장 꺼내 오토바이 앞뒤 번호판에 붙였다.

"양미 씨는 밤에 잠 안 올 때 무슨 생각 해요?"

종이가 단단히 붙어 있는지 손끝으로 확인해보던 박세희가 갑자기 물었다.

"생각이요? 글쎄요, 여러 가지 생각하죠, 뭐."

"전 밤에도, 아니 가게 나가서도 내내 이 짓 할 생각만 했어요."

씹어뱉듯 말한 박세희가 피식 웃었다. 웃을 분위기는 아니었지만 나도 마주 웃었다.

"그러니까 절대 안 들켜요. 이건 무조건 성공이에요."

박세희가 발치에 놓인 통을 툭툭 쳤다. 안에서 액체가 둔중하게 출렁이는 소리가 났다. 무릎 높이쯤 되는 검은 플라스틱 통에 길쭉하고 빨간 주둥이가 붙어 있었다. 저 안에 무엇이 들었는지 나는 알고 있었다.

"자, 이거 쓰시고."

얼굴 가림막까지 온통 새까만 풀 사이즈 헬멧이 내 손에 건네졌다. 묵직한 그것을 받아 들고 머리부터 푹 뒤집어썼다. 누가 쓰던 것인지, 헬멧 안에서 땀 냄새가 진하게 났다. 코를 찡그리며 가림막을 여니 박세희도 똑같은 표정을 하고선 헬멧 밑으로 삐져나온 머리를 정리하고 있었다. 로고 없는 검은색 롱 패딩에 풍덩한 검은 바지를 위아래로 맞춰 입은 데다 헬멧까지 쓰자 우리는 정말로 정체를 알 수 없는 수상한 사람들처럼 보였다. 켕기는 짓을 하려는 사람들만이 이런 옷차림을 하게 마련이었다. 나는 항상 평범하기 그지없는 차림새로 당당하게 걸어 들어오는 왕방울 씨를 생각하지 않을 수 없었고, 그러자 잠깐 흔들렸던 마음이 다시 단단하게 굳었다.

"준비됐어요? 이거 안고 타요."

박세희가 오토바이에 앉으며 말했다. 나는 잠자코 플라스틱 통을 끌어안고 박세희 뒤에 올라탔다. 오토바이에 타는 건 생전 처음이었다. 오토바이에 시동이 걸리자 깜짝 놀랄 만큼 큰 소리가 나며 온몸이 위아래로 덜덜덜 진동했다. 겁이 덜컥 나서 나도 모르게 한 손으로 박세희의 허리를 감싸 안았다. 날씬한 줄은 알았지만 그야말로 한 줌도 안 되는 허리였다. 그걸 자각하니 어쩐지 더

무서워졌다.

"괜찮아요. 운전은 나만 믿고, 양미 씨는 할 일만 생각해요."

할 일. 나는 말없이 고개를 끄덕였다. 박세희가 발로 땅을 몇 번 구르더니 이내 출발했다. 오토바이는 순식간에 골목을 빠져나갔다. 낯선 동네였지만 박세희는 내비게이션도 보지 않고 익숙하게 오토바이를 몰아 좁은 골목을 요리조리 달렸다. 머릿속으로는 수십 번 지나가본 길이라는 듯이. 정말 이 생각만 했구나, 박세희는. 무서워서 고개를 푹 숙이고 그저 박세희의 허리만 쥐고 떠는 와중에도 나는 그것을 생각하며 씁쓸해졌다.

"다 와가요. 준비해요."

몇 분이나 달렸을까, 박세희가 속도를 조금씩 늦추며 소리쳤다. 나는 품에 안고 있던 플라스틱 통 주둥이에 붙은 뚜껑을 돌려 열었다. 헬멧 틈새로 물컥, 휘발성의 냄새가 코를 찔렀다. 주둥이를 몸 바깥쪽을 향해 돌려 내밀고 기다렸다. 이윽고 골목 끝에서 낯익은 금색 간판과 나무들이 보였다. 입간판이나 작은 화분들은 안으로 들여놓은 채였지만 나머지는 거의 인스타그램에서 본 그대로였다.

"지금!"

가게 앞을 지나기 직전, 박세희가 외쳤다. 나는 플라스틱 통을 앞으로 기울이고 양팔을 마구 흔들었다. 통 주둥이에서 시뻘건 페인트가 울컥울컥 소리를 내며 뿜어져 나왔다. 나무에, 꽃에, 새하얀 자갈돌과 울타리에 페인트가 확 쏟아졌다. 나는 미친 듯이 팔을 휘저었다. 페인트가 오토바이며 헬멧에까지 튀었지만 신경 쓰지 않았다. 아무 생각도 하지 않으려고 애쓰며 그저 이 통을 비우는 일에만 집중했을 뿐이었다. 이걸 다 비우면 오늘 밤엔 잠들 수 있을 것처럼, 내일부턴 편안하게 반찬을 만들고 팔 수 있을 것처럼. 마침내 통이 거의 비었을 때쯤 박세희가 다시 오토바이의 속도를 높였다. 빨간 페인트를 뒤로 점점이 흘리면서, 우리는 빠르게 골목을 빠져나갔다.

다음 날 나는 가게에 나가지 않았다. 정기 휴무일 외에 가게를 닫은 것은 지금까지 한 번도 없던 일이었다. 재료도 손질하지 않고 재고도 체크하지 않은 채로, 가게 쇼케이스에서 딱딱하게 굳어가고 있을 반찬들은 단 한 번도 생각하지 않았다. 대신 침대에 드러누워 오직 빨간색, 빨간색만을 생각했다. 아직도 코끝에 페인트 냄새가 진동하고 있는 것 같았다. 이대로 왕방울 씨의 얼굴을 마주 볼 자신은 도저히 없었다. 새벽 꽃 시장에 갔다가 일찍 가게를 연다고 했지, 그렇다면 딸의 가게에 일어난 일을 이미 들었을 것이다. 왕방울 씨가 내게서 페인트 냄새를 맡을 수도 있었다. 복수랍시고 그런 뻔뻔하고 치졸한 짓을 저지른 나를 알아채고 멱살을 잡을지도 모른다. 더할 나위 없이 당당하고 타당한 모습으로. 나는 수시로 손이며 머리채를 얼굴로 가져가 냄새를 맡았다. 자꾸 생각을 해서인지, 아니면 정말인지 모르겠지만 미약한 페인트 냄새가 나는 것도 같았다.

왕방울 씨 딸의 인스타그램은 이미 확인했다. 아무것도 없는 검은색 이미지와 함께 짧은 글이 쓰여 있는 게시물이 아침에 하나 올라왔었다. '방울꽃집 당분간

쉬어갑니다.' 나는 그 한 문장을 여러 번 읽었다. 나라면 어떻게 했을까. 경찰에 신고는 당연히 했겠지. 시시티브이 화면에 잡힌 검은 두 사람을 뚫어져라 바라보며 거기에 아는 얼굴을 다 갖다 붙여보았겠지. 이제 골목 사람들은 더 이상 선량하고 착한 이웃이 아닐 것이다. 방울꽃집은 그에게 행복한 공간이 아니게 되었고 그는 앞으로 빨간색만 보면 치를 떨게 될 것이다. 페인트 냄새를 맡으면 저절로 심장이 쿵 내려앉을 것이다. 내가 그랬듯이, 박세희가 그랬듯이. 그리고 왕방울 씨도 마찬가지일 것이다. 딸의 소중한 가게에 그런 짓을 한 자들이 누구인지 알아내려고 기를 쓰겠지만 우리를 잡지는 못할 거다. 오토바이는 그대로 몰고 가서 다른 지역에 살고 있는 박세희의 남자 친구에게 돌려주었고, 간 김에 그날 입은 옷이며 페인트

통, 신발까지 전부 버리고 왔으니까. 우리는 그날 밤의 어둠 속으로 사라질 것이다. 미워할 대상도 주지 않을 것이다. 엄밀히 말하면 바로 그것이 우리의 복수였다. 누굴 미워해야 할지도 알 수 없으니 결국 모두를 미워하게 만드는 것, 누구에게도 진심으로 웃어줄 수 없게 만드는 바로 그것이.

그게 이루어졌으니 속이 시원해야 하는데.

나는 서늘한 베개에 머리를 부비며 생각했다. 베개 속에서는 아무런 소리도 들려오지 않았다. 어제 이후로 박세희와는 연락을 하지 않은 채였다. 어젯밤 나는 베개를 베기는커녕 침실에 들어가지도 못했다. 집에 오자마자 옷을 벗어 던지고 온몸을 박박 문지르며 몇 번이고 샤워를 했고, 젖은 머리 그대로 거실에 앉아 오만 가지 생각을 하느라 잠잘 수 있으리란 기대는 애초에 버렸기 때문이었다. 생각도 생각이지만 사실 베개를 베기가 두렵기도 했다. 베개 속에서 후회한다는 말이 들릴까 봐, 우리가 너무했다는 속생각을 듣기라도 할까 봐 무서웠던 거지만 사실 잘됐다, 꼴좋다 따위의 생각을 엿들어도 기분이 좋지 않기는 마찬가지일 것 같아 아무 말도 듣고 싶지가 않았다. 차라리 부엌 의자에 앉아 식탁 상판에 난 흠집을 멍하니 바라보며 그대로 날밤을 지새우는 쪽을 택한 것이다.

박세희는 예약 손님이 있었을 테니 싫으나 좋으나 출근을 하긴 해야 했을 것이다. 박세희는 잠을 좀 잤으려나. 오늘 왕방울 씨를 만났을까. 왕방울 씨 딸의 인스타그램은 봤을까. 묻고 싶은 게 많았지만 차마 먼저 메시지를 보낼 수가 없었다. 이런 소심함으로 무슨 복수를 한다고. 차라리 어제로 시간을 돌리고 싶었다. 돌아간다면 그런 짓까진 안 할 것 같았다. 남의 가게에 페인트를 뿌리다니. 생각할수록 미친 짓이었다. 박세희는 절대 들킬 일 없다고 호언장담했지만, 혹시 들킨다면 분명 법적 처분을 받을 것이다. 실형까진 아니어도 벌금을 물겠지. 온 동네에 소문이 날지도 모르고. 하지만 그렇게 따지면 왕방울 씨는? 그가 지금까지 나나 박세희, 다른 언니들에게 뜯어 간 돈을 합치면 500만 원은 넘을 텐데. 그 돈은 아무렇지도 않게 녹아 사라졌는데 왜 우리가 뿌린 페인트는 처벌 대상이 되어야 할까. 혹시 경찰이 나를 잡으러 오면 그 얘기를 할 수도 있을 것이다. 정상참작을 해달라고 부탁할 수 있을지도. 하지만 막상 경찰을 붙잡고 그간의 사연을 토로하는 상상을 하니 아무래도 궁색해 보였다. '그렇다고 상관도 없는 가게에 페인트를 뿌리면 어떡해요' 하고 묻는다면. 나는 거기에 뭐라고 대답할 수 있을까.

그때 갑자기 휴대폰이 울려 나는 기절할 듯 놀랐다. 순간 경찰서인가 하는 생각이 번개같이 뇌리를 스친 탓이었다. 하지만 메시지를 보낸 것은 박세희였다.

—어제 잘 잤어요?

—네, 잘 잤어요. 세희 씨는요?

나는 거짓말 뒤에 입이 찢어져라 웃는 고양이 이모티콘을 하나 붙였다.

—잘 잤죠. 오랜만에 다리 뻗고 잤네요.

—인스타 봤어요? 가게 닫았다고 올렸던데.

—봤어요. 그냥 이대로 폭망했으면ㅋㅋ

—안 망하면 담에 가서 한 번 더 뿌리죠 뭐ㅋㅋㅋ

박세희에게서도 환하게 웃는 사람 얼굴이

날아왔다. 나는 휴대폰을 뒤집어서 베개 옆에 두고 멍하니 천장을 바라보았다. 손을 베개 밑에 끼우니 꼭 얼음 밑에 손을 집어넣은 듯 차가웠다. 이렇게 차가울 수가 있나, 베개 주제에. 베고 자라고 만든 것인데 이렇게 차가운 걸 베고 어떻게 자라는 걸까. 이런 걸 베고 잘 수 있는 사람이 세상에 있을까.

하지만 나는 머리로 계속 그것을 뭉개고 있었다.

그 후로 왕방울 씨는 한 달 넘게 가게에 오지 않았다.

강아지 미용실과 뜨개 공방에도 내내 오지 않았다고 했다. 올 때가 한참 지난 후라 다들 이상해하고 있었다. 그 아줌마 다리라도 부러졌나 보지 뭐. 뜨개 공방 언니가 독하게 내뱉는 말에 나는 고개만 끄덕여 보이고 공방을 떠났다. 아주 작은 희망의 싹이 퐁, 하고 마음속에 돋았다. 혹시 이제 이 못된 순례를 그만두려는지도 모른다는. 어쩌면 딸의 가게에 일어난 일을 천벌로 여기고 반성했을지도 모른다. 슬퍼하는 딸의 모습을 보면서 자기가 저지른 일도 이와 다르지 않다는 것을 깨달았을 수도 있다. 그래, 그걸 깨닫지 못한다면 정말 사람도 아니야. 나는 속으로 되뇌며 야채를 다듬고 고기를 볶았다.

원래 내 직업 만족도가 얼마나 높았었는지, 왕방울 씨가 사라지고 나서야 새삼 체감했다. 나는 정말로 반찬 만드는 일을 사랑했다. 박스 가득한 시금치의 뿌리를 자르고 끓는 물에 꼭꼭 누르는 일보다, 분홍 소시지에 계란 물을 입혀 곱게 부쳐내는 일보다 내가 열중하는 건 없었다. 거기다 소금, 설탕, 식초, 간장에 참기름, 깨소금과

맛술을 더해 한 겹씩 맛의 층을 쌓아가는 마법이라니, 그걸 착착 담아 쌓아놓는 건 또 어떻고. 그러고 나면 팔려도 기뻤지만 팔리지 않아도 좋았다. 그래, 예전에는 이렇게 즐거웠는데. 나는 신이 나서 일했다. 들어오는 손님들에게 다시 웃으면서 인사를 건넬 수 있게 되었고 낯익은 손님에겐 말도 붙이기 시작했다. 지난번에 사 간 진미채 볶음 어떠셨냐고, 맛있게 드셨냐고, 제가 더 감사하다고.

하지만 여전히 잠은 오지 않았다.

마음 한복판에 뾰족 튀어나온 무언가가 있는 것 같았다. 얇디얇은 잠의 천은 내 지친 몸을 쓸다 말고 거기에 걸려서 자꾸 찢어지고 이지러졌다. 비몽사몽, 잠에 빠져들락 말락 하는 순간도 있었지만 그럴 때마다 금세 뭔가 잊은 사람처럼 나는 훅 하고 현실로 도로 불려오곤 했다. 그 일이 있은 뒤로 베개를 바꿨기 때문일까. 어느새 내 뒤통수가 그 차가운 얼음덩어리 같은 베개에 적응했는지 다른 베개는 낯설고 축축하게 느껴졌다. 결국 박세희에게서 사 온 베개를 베어봤지만 잠이 안 오기는 마찬가지였다. 자정을 한참 넘긴 시간까지 나는 침대에 누워 천장 모서리를 노려보고 있었다.

왜일까. 오늘 하루는 행복했는데.

박세희의 목소리가 베개 속에서 조그맣게 들려왔다. 박세희도 오늘 즐겁게 일했구나. 나는 박세희가 처음 가게로 찾아왔을 때 보았던 화려한 손톱을 생각했다. 네일 아티스트니 자기 손톱에 신경 쓰는 것은 당연하겠지만, 그 길고 화려한 손톱을 유지하는 것도 보통 정성이 아닐 것이다. 모르긴 몰라도 박세희도 그런 것을 사랑하겠지. 밋밋하던 손을 다듬고 가꾸어 반짝반짝 빛나게 꾸며주는 일을. 오늘 하루 내내 그 일을 하면서 시간 가는 줄 몰랐겠지. 내가 그랬듯이. 그런데 왜 우리는 잠을 못 이루고 있는 걸까.

왜 잠이 안 오지. 몸은 피곤한데 잠을 잘 수가 없어.

저도 그렇답니다, 하고 입속말로 중얼거리며 돌아누웠을 때였다. 갑자기 뭔가 이상하다는 생각이 들었다. 나는 가만히 베개에 한쪽 귀를 눌렀다. 한참 뒤, 베개 속에서 작은 목소리가 들려왔다.

내일 혹시 왕방울 씨가 오면 어쩌지.

내 짐작이 맞았다. 박세희의 것인 줄로만 생각했던 그 목소리는 어느새 조금 달라져 있었다. 좀 더 귀에 익었달까, 어디서 많이 들어본 다른 목소리로 은근슬쩍 바뀌어 있는 것 같은……. 나는 미간을 찌푸리고 베개에 더욱 세게 귀를 눌렀다.

아무 생각 안 하고 잠들고 싶어.

이번에는 확실했다. 이건 내 목소리였다. 그걸 깨닫고 나는 화들짝 놀라 베개에서 귀를 떼었다. 처음 들었을 때는 분명 내 목소리가 아니었던 것 같은데, 언제부터 바뀐 것인지 알 수가 없었다. 아니, 이제는 바뀌었는지도 확신할 수 없었다. 원래부터 여기서 들리던 건 그냥 내 목소리였는지도 몰랐다. 나는 베개를 멍하니 내려다보았다. 보기에는 평범한 베개, 내 머리카락이 한 올 묻어 있는 그 얼음덩어리 같은 베개였다. 어떻게 된 거지. 나는 몸을 일으켜 휴대폰을 집어 들었다. 박세희에게 메시지를 보냈다.

—세희 씨, 자요?

—아니요.

역시나 답장이 바로 왔다. 나는 이 요상한 베개에 대한 일을 설명하려고 열심히 타이핑을 하기 시작했다. 그런데 그사이 박세희에게 메시지가 다시 도착했다.

—왕방울 씨 오늘도 안 왔죠?

나는 타이핑한 것을 모두 지우고 답장을 보냈다.

—네.

—저 어제 그 가게 갔었어요. 새벽에.

—왜요?

—그냥요. 어떻게 됐는지 보려고.

—어떻게 됐어요?

—아직도 닫혀 있고

페인트는 그대로 있어요. 근데

제가 거기서 누구 봤는지 아세요?

왕방울 씨.

왕방울 씨가 그 가게 앞에 앉아서

지키고 있더라고요.

새벽 4시쯤이었는데.

새벽 내내 거기 지키고 아침엔 자는 건지,

그래서 안 오는가 봐요.

대단하죠?

ㅋㅋㅋㅋㅋㅋㅋㅋㅋㅋㅋㅋㅋㅋㅋ

키읔 밑으로 배를 잡고 웃는 이모티콘이 연달아 세 개 이어졌다. 나는 입가가 딱딱하게 굳는 것을 느끼며 채팅 창을 바라보았다. 어둠 속에서 휴대폰 화면이 네모나고 푸른 빛을 내 얼굴에 던지고 있었다. 아마 지금 이 순간에도 독이 잔뜩 오른 채 페인트투성이 꽃집 앞에 도사리고 앉아 있을 왕방울 씨, 이 깜깜한 밤을 혼자 지새우고 있을 왕방울 씨. 그러자 문득 성공했구나, 하는 깨달음이 머리를 스쳐갔다. 우리가 왕방울 씨에게서 잠을 뺏었구나. 똑같이 잠을 못 이루게 만들어줬구나.

나는 답장으로 웃는 이모티콘을 하나 보냈다. 한참 동안 고르고 고른 눈물을 흘리며 폭소하는 고양이 이모티콘이었다. 그러나 전송 버튼을 누른 직후, 나는 갑자기 손아귀에 벌레라도 쥔 듯 휴대폰을 집어 던져버렸다. 서늘한 베개 위에 소리도 없이 떨어진 휴대폰은 뒤집힌 채 끊임없이 진동했다. 아마도 웃는 얼굴일, 새로운 메시지가 자꾸자꾸 오고 있었다.

작가의 말

오지 않는 잠을 쫓아 베개에 머리를 부비고 있으면 그 안에서 무슨 소리인가 들려오는 것만 같다. 원망, 후회, 미움. 베개 속 목소리는 주로 그런 것들만 말한다. 낯익은 목소리다. 그 목소리를 들으며 웅크리고만 있었던 때에 이 소설을 썼다.

지금은 떠들거나 말거나 아주 잘 잔다. 여기에 다다르기까지 숱한 밤들을 뜬눈으로 새워야 했지만 어쨌든 다다랐다. 잠을 잘 잔다는 것은 매우 좋은 일이다.

누군가가 미울 때면 머리를 빗곤 한다. 빗살에 걸려 나오는 머리카락에 미움이 묻어 있다고 생각하면서. 북북 소리를 내며 머리를 빗고 나면 뇌를 빗은 것 같다. 빗살이 탄력 있고 부드러우며 면이 넓은 것. 나는 그런 좋은 빗을 여러 개 가지고 있다. 당신에게도 그런 것이 있었으면 좋겠다. 언제든 꺼내볼 수 있는 곳에.

소설을 쓰고 나면 이 이야기가 어떤 시간에 어떤 장소에서 당신에게 가닿을지를 생각해보곤 한다. 온갖 상상을 다 하는 게 일인 나지만 어쩐지 이것만큼은 잘 그려지지 않는다. 당신은 지금 언제, 어디에 있을까? 방? 카페? 학교? 직장? 그곳은 낮일까, 밤일까? 어디든지 포근하고 편안한 곳이었으면 좋겠다. 한번 누우면 깊게 잘 수 있는 곳이었으면 좋겠다. 미움 없이, 두려움 없이. 그런 곳 역시 당신에게 있었으면 한다. 그리하여 거기에서 지금 우리가 만나고 있기를.

2023년 가을

이유리

잠이 오나요

초판 1쇄 인쇄 2023년 8월 25일
초판 1쇄 발행 2023년 9월 13일

지은이 이유리
펴낸이 이승현

출판2 본부장 박태근
스토리 독자 팀장 김소연
편집 강소영 곽선희 김해지 이은정 조은혜
디자인 이세호

펴낸곳 ㈜위즈덤하우스 **출판등록** 2000년 5월 23일 제13-1071호
주소 서울특별시 마포구 양화로 19 합정오피스빌딩 17층
전화 02) 2179-5600 **홈페이지** www.wisdomhouse.co.kr

ISBN 979-11-6812-728-9 04810
979-11-6812-700-5 (세트)

값 13,000원

한 조각의 문학, 위픽 wefic

구병모 《파쇄》
이희주 《마유미》
윤자영 《할매 떡볶이 레시피》
박소연 《북적대지만 은밀하게》
김기창 《크리스마스이브의 방문객》
이종산 《블루마블》
곽재식 《우주 대전의 끝》
김동식 《백 명 버튼》
배예람 《물 밑에 계시리라》
이소호 《나의 미치광이 이웃》
오한기 《나의 즐거운 육아 일기》
조예은 《만조를 기다리며》
도진기 《애니》
박솔뫼 《극동의 여자 친구들》
정혜윤 《마음 편해지고 싶은 사람들을 위한 워크숍》
황모과 《10초는 영원히》
김희선 《삼척, 불멸》
최정화 《봇로스 리포트》
정해연 《모델》
정이담 《환생꽃》
문지혁 《크리스마스 캐러셀》
김목인 《마르셀 아코디언 클럽》
전건우 《앙심》
최양선 《그림자 나비》
이하진 《확률의 무덤》